내 마음에 봄을 심어줘

내 마음에 봄을 심어줘

2019년 5월 8일 초판 1쇄 인쇄
2019년 5월 8일 초판 1쇄 발행

지은이 |정민, 노은, 윤용식, 정수호, 조명현, 박종경

인쇄 |예인아트

펴낸이 |이장우
펴낸곳 |꿈공장 플러스
출판등록 |제 406-2017-000160호
주소 |경기도 파주시 회동길 301 (파주출판도시)
전화 |010-4679-2734
팩스 |031-624-4527
이메일 |ceo@dreambooks.kr
홈페이지 |www.dreambooks.kr
인스타그램 |@dreambooks.ceo

꿈공장+ 출판사는 모든 작가님들의 꿈을 응원합니다.
꿈공장+ 출판사는 꿈을 포기하지 않는 당신 곁에 늘 함께하겠습니다.

ISBN |979-11-89129-31-6

정 가 |13,000원

내 마음에 봄을 심어줘

나와 마주하는 별 · 윤용식

너에게 난 어디에도 있고 어디에도 없는 · 정수호

사랑이 흘렀고 눈물은 넘쳤다 · 조명현

지구에서 생긴 일 · 박종경

지난 겨울은 그다지 춥지 않았습니다
그런데 우리의 마음은
남모를 슬픔에 쓸려 상처가 열려 있네요

작은 바람만 불어도 쓰라릴 그 가슴
흉터지지 않도록 봄의 씨앗을
톡
톡

새살 돋듯
우리네들 마음에 봄이 피어나길
간절히 기다려봅니다

그대,
나의 봄이 되어 줄래요?

그 새벽, 나는 우리를 잃었습니다

//////
정민

잃어버린 우리에게 남은 건 무엇인가요
헤어짐의 처음과 마지막까지의 여정 끝에
그림자라도 남았을까요

instagram : @jeong.min_ppi

마지막 인사

연인에게 마지막 인사란 참으로 잔인하다

그 사람의 목소리를 듣는 것도
눈동자를 보는 것도
향기를 느끼는 것도 모두 마지막이니까

이보다 더 아이러니한 것은
잔혹해도 좋으니 무슨 핑계를 대서라도
그 사람과 같이 있고 싶다는 바람

그동안 고마웠어
행복하자

난 그대의 말을 마지막 인사로 받아들이지 못했다

거짓말

이제는 아니라면서요
우리의 시간이 다 했다고 했잖아요

그대가 그렇게 말해놓고 왜 울었나요
더 이상 사랑하지 않는다는 사람이 왜 울었어요

거짓말이에요
아직 마음속에 사랑이 남아있었던 거죠?

내가 우리 인연의 끈을 더 오래 잡고 있었더라면
다시 내게 돌아올 수 있었던 거죠?

그렇죠?

마지막 키스

이제는 갈 시간이라 이야기하는 그대에게
참지 못하고 입맞춤을 했어요

피할 줄 알았던 그대, 눈 감고 그대로 있더군요

그리고는 한참 후 입술을 떼었을 때 그대는
고개를 숙이고는 아무 말도 하지 않았죠

왜 그랬나요
그 때의 내 마음 다치지 않기를 바랐나요
아니면 그대도 후회했나요

그래도 내 마지막 키스가
그대의 마음을 바꾸진 못했군요

헤어진 후 우리는

그대는 우리를 잊는 데에 집중했고
나는 우리를 추억하는 데에 집중했다

나의 선택이 잘못된 것일까

그대에게 더 이상 우리가 남아있지 않다면
무너지는 내 가슴은 어찌해야 할까

정지

이제 그만 놓아주라고 해

나는 그럴 이유를 못 느끼겠는데
내 머리가 그래, 그만 놓으라고

그래서 그러려고 하니 내 심장이 울어
내게서 떼어놓았거든

그리고 내 모든 것이 멈춰버렸어
내 머리도

그냥

왜 전화했냐고 묻는다면
귀찮다는 목소리라도 듣게 전화를 받아준다면

무슨 할 말 있냐고 묻는다면
그런 말이라도 듣게 답장이라도 해준다면

차마 입 밖으로 꺼내지 못하고
그냥, 이라고 하겠죠

그냥 했어요

그냥
보고 싶어서

그만큼만

내가 힘든 만큼만이라도
딱 그만큼만 그대도 힘들었으면

나의 품이 그리워 내가 준 인형을 끌어안고서
그 인형마저 눈물로 얼룩지게 만들고

매일 밤 내 생각에 잠에 들지 못하고
하루하루 아무것도 제대로 하지 못했으면

이라는 이기적인 생각을 해보았어요

원망하진 말아요
진심이라고 하기엔 아직 그댈 향한 사랑 때문에
그대가 아프면 내가 더 아프니까요

문득

그대의 마음 어딘가에 내가 묻혀 있다
문득 내가 툭 하고 그대 머릿속에서 튀어나오길

그리고 나와 함께 만들었던 추억을 떠올리며
잠시나마 행복에 빠져들길

문득 내가 그리워지길

작심삼일

그대에게도

나에게도

더 이상 미안할 일은 하지 않기로 했습니다

그리고 얼마 지나지 않아

나 스스로에게 미안한 일만 하게 되었습니다

답이 없는

이별의 아픔을 달래기 위해
우리가 만난 적이 없었던 것처럼 지우기에는
그 시간이 아무것도 아닌 것이 되기에

그렇다고 우리의 기억과 추억을 남겨두기에는
지금 이 시간이 영원한 고통의 연속이기에

사랑의 끝에는 답이 없다

그 흔한 말

사랑하는 마음은 노력한다고 되는 게 아니야

그 누구나 아는 흔한 말
알지만 왜 다들 매달리는 걸까

나조차도

사랑의 노력

사랑에는 세 가지 노력이 있습니다

상대방의 마음을 얻기 위한 '나'를 위한 노력
더 좋은 사람이 되기 위한 '상대방'을 위한 노력
서로를 배려하고 맞춰가기 위한 '우리'를 위한 노력

당신은 어떤 노력을 했습니까

잃어버린

그대만을 사랑하지 말 걸 그랬습니다
나도 사랑할 걸 그랬어요

내 안을 그대만으로 가득 채우지 말 걸 그랬습니다
나로도 조금은 채울 걸 그랬어요

그대가 없어서 내가 나를 잃었습니다

비어있던 자리

첫 한 달은 혹시라도 돌아올까
그 자리를 비워두었고

그다음 한 달도 연락 올까
그 자리를 비워두었지만

그다음부터는 아무 소식 없는 그대 때문에
그 자리를 원망으로 채웠다

지금은 원망에 그리움이 더해져 얼룩져있다

새벽 달빛

캄캄한 밤하늘에 떠오른 새벽달

그 빛이 내 마음의 문을 열어
우리의 추억이 흘러나올까 봐

그 빛을 손으로 가려보지만
추억의 자물쇠는 이미 풀려버렸다

잘못된 타이밍

만약에 내가 그대를 지금 만났다면
더 넓은 마음으로 그대를 안아줄 수 있을 텐데

우리의 시간이 야속하기만 하다

학습효과

이별에는
학습효과가 없는지

정도의 차이는 있지만
겪을 때마다 힘들다

좀처럼 익숙해지지 않는다
백지가 되어버린다

착각

그대를 보며 웃는 내가
나를 보며 웃는 그대가
그러는 우리가 보내는 시간이 영원할 줄 알았어요

언제나 함께 할 줄만 알았어요

나는 정말 아무것도 모르는 바보였나 봐요

두 길이 맞닿는 곳

나의 발자국을 따라
그대의 추억이 나를 찾아오는 길

그대의 흔적을 따라
나의 추억이 그대를 찾아가는 길

그 길이 서로 만나는 곳은 어디일까
만나기는 하는 걸까

나와 그대가 기억하는 우리의 추억이
너무나도 다르면 어떡하지

부재

이번 계절에는
내가 없다

그대가 없어서
나도 없다

커피

나에게 그대는 커피와 같다

고소한 우유를 넣으면
우리의 추억은 따뜻한 라테가 되고

달콤한 초코를 넣으면
우리의 기억은 진한 모카가 된다

하지만 이 모든 것을 다 빼면
쓰디쓴 에스프레소가 되어
이별이라는 현실의 고통을 느끼게 한다

늦은 후회

그대 생각이 나기 전에 잠에 들었어야 했어요

그대를 떠올리며 또 밤을 새우고 말았어요

일찍 잠에 들었어야 했어요

차 안에서

그대 품에 안겨 목을 내 팔로 휘감고
무엇이 그렇게 서러웠던지 펑펑 울면

아무 말 없이 그저 나를 감싸 안으며
내 머리를 쓰담던 그대가 그립다

내 눈물로 얼룩진 그대의 어깨가 그립다
눈물 닦아주던 그대의 거친 손이 그립다

그리움

그리움은

누군가는 미련이라 읽고
누군가는 집착이라 읽는다

그리움은

누군가에게는 돌아갈 수 없기에 더 아픈 기억이고
누군가에게는 돌아갈 수 없기에 더 애틋한 기억이다

나에게 그리움은
그대다

폭우

가랑비인 줄 알았는데
지금 보니 소나기라네요

한차례 내리고 멈출 줄 알았는데
이번에는 며칠 동안 폭우래요

아니 몇 개월째 내리고 있네요
그대가

그럼에도 우린

많이 사랑했다

많이 좋아했고
많이 행복했다

그럼에도 우린
이렇게 멀어졌다

그대를 보내다

겨울 바다 모래 위에 덩그러니 서서
긴 나뭇가지로 우리가 그리던 우리를 써본다

따뜻했던 우리라는 이름이 이제는 차갑기 그지없어
차마 더는 보지 못하고 뒤로 돌아선다

나 떠나는 모래 위 발자국이 파도에 지워진다
그렇게 그대를 보낸다

지각

항상 약속 시간에 늦는 못난 나를
화 한번 내지 않고 항상 기다려준 그대

미안했다

잦은 투정과 짜증만 부리던 못된 나를
얼굴 한번 찌푸리지 않고 받아주던 그대

내가 또 지각을 하고 말았다
그대 향한 고마움을 이제야 미안함으로 말한다

참으로 미안했다

잠수

저 멀리 깊은 파란 바다에
내 마음을 깊이 가라앉혀 놓았다

물길 따라 파도 따라 내게 오지 말라
세상에서 가장 무거운 죄책감에 묶어 놓았다

세월이 흘러 물에 녹아 서서히 가벼워질 때쯤
그대 향한 내 마음 수면 위로 떠오르면

그때는 눈물 대신 미소로 맞이하겠다
작은 웃음으로 마중 나가겠다

성숙

나 스스로가 성숙해지길

그대의 어떤 모습을 보게 되더라도
나 무너지지 않고 웃으며 대할 수 있도록

조금 더 성숙한 사람으로 거듭나길

우리를 그대로

우리가 함께 나눈 것들이 아름답고
우리가 함께 만들었던 시간도 소중해요

그러니 그 모든 것들을 더럽히지 않길
우리의 것은 우리의 것으로 남겨두길

먼지가 쌓일지언정, 때가 낄지언정
다른 것으로 혼탁하게 흐리지 않길 바랄게요

바람

이따금씩 그대 생각에 눈물이 날 때면
우리의 행복했던 때를 떠올리며
추억을 추억으로 남기길

그대를 더 이상 원망하지 않길

의미를 두는 일

지금 흘리는 눈물을 감사하게 되는 날이 오길
이 힘든 시간 겪었음을 감사하게 되는 날이 오길

그러니 이 아픔을 가슴 깊이 받아들이길
헛되이지 않도록 충분히 마음에 새기길

이별의 마지막

우연에서 인연으로
인연에서 연인으로
연인에서 타인으로

오늘을 담다

//////

노은

글로 옮기는 하루

.

누구나 공감할 수 있는

마음 담은 글을 쓰고픈

당신의 주변인

instagram : @eeeun_in

짝사랑

채우려던 게 아닌데
언제 이렇게 가득 찼을까

지나치다 나눈 가벼운 눈인사에
이름을 불러주는 담백한 목소리에

몽실몽실 솜방울처럼
구르던 기분들

하나둘 모이더니
어느새 쌓여 넘쳐
사랑이란 이름으로
가슴을 간질인다

수줍은 한숨

저 멀리 보이는
반가운 님아
보고픈 마음 가득 담아
큰소리로 부르고 싶지만
수줍음에 입술만 달싹이다
내뱉지 못한 당신의 이름
뿌옇게 한숨 되어 흩어진다

예쁘다

가슴이 콩콩 뛴다

부서진 햇살이 내려앉은 거리
풀잎 끝 반짝이며 매달린 이슬
바람에 묻어온 달콤한 꽃내음
하늘 모퉁이마다 걸려있는 뭉게구름

자꾸만 웃음이 나고
세상이 반짝인다
온갖 예쁜 것의 시작과 끝은
바로 너다

시

햇빛이 스며드는 작은 공간
좋아하는 라테 한 잔
선 없는 얇은 연습장과
날카롭게 쓰이는 검은 펜 한 자루

준비를 마치고 자리에 앉으면
머릿속을 빙글빙글 도는 단어들
나열하고 다듬으니
온통 너를 향한 사랑 노래

널 만나러 가는 길

토독 톡 톡
우산을 때리는 경쾌한 빗소리

축축한 공기마저
기분 좋은 어느 아침

때 잊은 겨울비가 만든
물웅덩이 사뿐 넘어

소곤대듯 가벼이
널 만나러 가는 길

세레나데

오연한 달빛 아래
너는 나를 노래한다

매혹적인 목소리가
온몸을 휘감아와

나는 홀린 듯 창문을 활짝 열고
네 노래에 흠뻑 취한다

내일이 없는 것처럼
오늘의 너와 나는
열렬히 사랑을 한다

그날, 그 바다

서늘함이 살짝 묻어났던 여름밤
나란히 앉아 그대와 바라보던 수평선
바람결에 흘러온 바다 내음에
입을 열면 짭조름한 바람 혀끝에 닿았던 기억
함께하기에 감사했던
평범하지만 잊을 수 없는 그날, 그 바다

우리, 참 좋았었구나

너를 향한 꽃

새빨간 불꽃처럼 타오르던 마음이
바람 앞 들꽃처럼 하릴없이 흔들리다
녹아버린 눈꽃처럼 사라져버렸다

흐르는 시간 앞에
너를 향한 어떤 꽃도
부질없었다

이별

달이 떠오르고
별이 빛을 낸다
반짝반짝
이 별은 나의 별

별아, 빛나지 마라
스산한 밤
까만 어둠에 꼭꼭 숨어
다가올 아침 너머로
사라져다오

해가 떠오르고
별이 빛을 잃는다
이별은 더 이상
나의 별이 아니기를
두 손 모아 기도한다

복수불반분 _ 엎지른 물은 도로 담을 수 없다

울컥 터져버린 순간
주체 못한 화를 입 밖으로 뱉어낸다

혀끝에서 시작된
말이란 탈을 뒤집어쓴 비수는
날카롭게 날아가 가슴에 박힌다

뒤늦은 후회로
흩어진 그 조각
쓸어 담으려 해도
가슴 속 깊은 상처는
지워지지 않는 흔적으로 남는다

이전과 다른 너와
너를 다르게 만든 나
되돌릴 수 없는 지금의 우리

이별을 모르던 그대여

꽃잎 깔고 거닌
님 만나러 가는 길
마음도 가벼이
뛸 듯, 날 듯

흔적 없이 시든 꽃잎
검게 물들어 퀴퀴한
돌아올 그 길은
생각지도 못하고

상처받은 마음이
바닥의 꽃잎이라
한 발짝 디딜 때마다
고통에 잠식되었다

그렇게 이별이었다

우울

달빛 머금은 바람이 선선한 밤
어둠을 밝히는 커다란 달이 싫어

음울한 내 맘까지 보여질까
구석으로 파고들어 꼭꼭 숨는다

새벽달

새카만 하늘에
홀로 박힌 새벽달이
눈물 나도록 슬퍼 보여
잠들지 못했다

네가 떠난 후
내 시간은 온통 까만 새벽이라
희미한 저 달이
문득 나인 것만 같아서

알람

원치 않아도 울리는
고장난 마음

지정한 적 없건만
일상을 깨버린다

누굴 향한 알람이기에
이리도 슬피 울어댈까

그리워하다

생각이 많아지는
적막한 시간
널 향한 그리움이 무거워
이른 잠을 청해본다

아직 별도 빛을 내지 못하는
어스름한 초저녁

눈을 감아도 떠오르는
너와의 기억에
내 맘과 달리
오늘도 잠을 설친다

우린 왜 헤어졌을까

후회

한때는 소중했던,
구기고 던져버린 너와의 추억들
다리미로 반듯하게 펼쳐 모으면
다시 시작할 수 있을까

필요조건

함께한 시간이
흔적이 된 지금

행복했던 추억이
상처로 남는다

괜찮아, 애써 지우지마
또 다른 만남이 찾아올 거야
새로운 기억으로 채워질 거야

누군가의 위로가
귓가에 닿기도 전에 부서진다

아니다, 나는 지금
당신이 필요하다

마지막 잎새

어느 가을날
붉게 물든 잎 떨어질 때
우리는 헤어졌다

아스라이 매달린 잎
떨어져 나부끼면
내 가슴도 녹아내려
바람아 부지마라
애처롭게 기도했다

남아있는 잎사귀
희망인지 절망인지
알 수 없지만
이 가을이 가기 전에
너를 다시 붙잡으려 한다

나는 조시,
너는 나의 마지막 잎새

발자취

눈이 온다
밤새 흩날리더니
거리를 하얗게 덮었다

한 발 디딜 때마다
뒤를 돌아본다

발자국 오롯이 남은
내가 걸어온 길

네 맘속에도
내 발자취
이리 선명했으면

아침이 온다

아침이 온다
눈물 젖은 마음으로 힘겹게 버텨온
나의 밤을 멈춰주려

아침이 온다
언제 끝날지 몰랐던
까마득한 긴 밤 안에 갇힌
나의 손을 잡아주려

지난날의 아픔을 지우고
새로운 오늘을 열어준
나의 아침, 나의 그대

그대가 온다

봄

짧았던 해를 서서히 밀어내고
겨우내 긴 밤 지킨
달 한 조각 삐죽이 올라온다

찬 겨울의 끝자락
달빛을 받은 나뭇가지 위
올망올망 솟아오른
꽃망울이 빛난다

곧, 봄이다

낙화유수

가지마다 소담스레 피어있던 꽃들이
거센 바람 앞에 꽃잎 되어 흩어진다

바람이 멈춘 잔잔한 강물 위
바람 타던 꽃잎 하나 사뿐 내려앉는다

봄의 정취 풍기던 봄의 전령화는
수면 위 작은 파동 하나 남긴 채
물결 따라 흐른다
봄도 따라 흐른다

호접지몽

눈을 떴을 땐
이미 끝이겠지만
꿈인지 현실인지
구분이 가지 않았다

내가 잠시 누렸던 행복은
어디까지가 꿈이고
어디부터가 현실일까

문득 허망함에
실소가 터진다

인생

모난 돌밭 고르며
험난한 길 지날 아픔일까
고운 비단 깔고 구르듯
보송보송한 행복일까

한 치 앞 모른 채
정처 없이 돌고 도는
당신과 나의 이야기

꽃길

꽃을 깔고 밟는 길일까
꽃을 향해 걷는 길일까

퇴근길

공허한 거리 번쩍이는 네온사인
그 아래 쉼 없이 굴러가는 인생들
도심의 화려함에 치이기라도 할 듯
서둘러 잰걸음을 옮긴다

멈춰선 시간
무심히 스쳐 지나가는 얼굴들
너인지 나인지 모를 우리의 모습

어떤 하루를 보냈건
긴 시간 수고한 너의 오늘을
다독여주고 싶다

남은 밤이 편안하길
너와 나와 우리 모두

소주

삶을 담아 누르다
넘쳐버린 한 잔

기억의 크기

두 손 가득 담은
기억 들여다보니

이게 전부인가
자그마한 손이
못내 아쉬워
한숨을 내쉰다

손이 작은 탓에
고르고 골라 그러모은
가장 행복한 기억들
보지도 않은 채

콜라

새까만 물을 삼키니
달콤하고 청량하구나

나는 그동안 얼마나
겉만 보고 속까지 판단했던가

콜라 한 모금에 문득
지난날을 돌아본다

달고나

국자 안에 담긴 설탕 두어 스푼
보글보글 끓어 녹은 갈색 물
소다 조금 뿌려 부풀어 오르면
어린 마음도 따라 부풀어 오른다

예쁜 모양 찍어 굳혀
손에 쥐어주면
부러울 것 없던 달콤한 추억

그 시절 하굣길
연탄불 앞 옹기종기
친구들과 함께 만든
다디단 그 과자가
왜 그리 맛있었는지

지금은 알 수 없는
작은 행복

힘내요, 청춘

꿈 가득했던 청춘의 첫걸음이
나아가질 못하여 무색하여라
힘 빠지는 날들이 쌓여
가슴 속 깊은 곳에 구덩이를 파댄다

기회는 누구에게나 주어지고
노력은 결코 배신하지 않는다는
힘을 내라 건네는 주변의 위로가
나와는 인연이 없는 것 같아 쓴 눈물을 삼킨다

사회는 누구에게나 평등하지 않고
노력은 가끔 비수가 되어 꽂히며
이론은 실제와 놀랄 만큼 다르니

굳은 의지로 열심히 준비한 매일이
곧 빛을 발하기를
당신의 오늘이
조금이라도 따뜻한 하루였기를

너의 길

네가 원하는 길
어디든 훨훨 날아가라
바람 따라 마음 따라
이리저리 정처 없이

돌아오기 싫다면
오지 않아도 좋다
멈춰서기 싫다면
계속 나아가도 좋다

내가 게서 기다릴게
아픈 다리 지친 마음
기대 쉴 수 있는
편안한 버팀목이 되어
너의 길을 응원할게

포용의 미덕

아무것도 묻지 않고 감싸주는
그 품에서야

위선의 가면을 벗어 던진
진정한 나를 마주했다

담담한 토닥임에
단단했던 마음이 녹아내렸다

비로소
세상이 눈에 들어왔다

시간이 흐른 뒤

흐르는 시간 속
젊음이 따라 흐른다
뾰족하게 치기 어린 고집도
세월의 바람에 깎여
뭉뚝하게 다듬어진다

자존심이란 고집이 작아진 자리에
마음의 평온이 새로이 돋아났다

나와 마주하는 별

///////

윤용식

시는 나의 삶 속에 있으며

시는 내가 보고 듣고 느낀 것이며

시는 우리가 상상하지 못한 세계를 보여준다

instagram : @pungnyu_man

youtube : 시 읽어주는 풍류

꿈

보일 듯 보이지 않는
칠흑 같은 어둠 속에서
방황하고 있는 나

잡힐 듯 잡히지 않는
숨바꼭질 게임 속에서
지쳐가고 있는 나

끝없이 알 수 없는
미지의 세상 속에서
나를 믿고 가는 나

그때 그 시절

누구나 탈 수 있는 그네
손쉽게 볼 수 있는 그네

여전히 내 맘속에 그네
어릴 적 회상하는 그네

시대가 변했어도 너는
여전히 놀이터에 있네

그림자

항상 내 옆에 있는 너
혼자 있어도 있는 너

너는 언제나 있는 너
힘이 들어도 있는 너

너무 고맙고 좋은 너

고뇌

말로써 표현 못 할
고민

죽도록 살고 싶은
고민

흥건한 피투성이
고민

살고자 몸부림친
고민

감정

저마다 자신만의
굴뚝이 있어

그 사람 굴뚝에는
희로애락이 있지

우리는 내면의
굴뚝을 통해

밖으로 나와

깨달음의 대화

멈출 수 없는 길을 가는 나는
수레바퀴 할아버지에게
인생을 물었다

할아버지가 말씀하시기를

삶은 불행의 연속이지만
내가 이곳에 존재하는 이유는

불행을 치료하기 위해
오늘도 존재한다

내 속도 모르고

나만의 속도가 있는데
나만의 속도로 가는데
남들은 내 속도 모른다

나만의 속도를 버리고
남들과 맞춰진 속도에
남들이 원하는 속도로

열심히 달리면 어느새
속도에 지쳐서 힘들다
속도에 원하는 속도로

모두가 원하는 속도로
사는 건 너무나 힘들다
우리는 모두 다 다르다

내 마음속에 비친 내 모습

메마른 땅에
꽃 피기 힘들듯이

사람도 메마른
감정에는 꽃 피기 힘들다

꽃에 물 주듯
사람도 물이 필요하다

난 누군가 또 여긴 어딘가

파랑 파랑
스쳐가는 바람에

보이지 않는
위대한 항로 위에

지도 없이 떠나는
내 길은 어디에

돌파

껍질 속에서
번데기처럼

살려면 모를까

껍질을 깨고 나와야
나방처럼 날 수 있다

대인관계

인생을 살다 보면
오해가 생긴다

인생을 살다 보면
억울한 누명 쓴다

인생을 살다 보면
진실을 밝히는 게 힘들다

명상

건강하게 사는 것
행복하게 사는 것

마음을 비우고
빈 그릇에 나의 양식

삶의 지혜를 요리하다

배움의 철학

우리는 스펙을 채우려고
열심히 달리며 삶을 산다

누구나 뛰니까 나도 뛴다
치열한 경기에 매일 뛴다

이십 대 청춘을 숨 가쁘게
뛰니까 이제야 느끼더라

정말로 배워야 하는 곳은
모두가 원하는 삶의 대학

아버지 어머니 사이에서
태어난 이유는 삶의 사랑

봄 여름 가을 겨울

이른 봄들이
노래를 부르며

여름을
설레게 한다

가을은 낙엽 소리에
귀 기울이며

눈 내리는 겨울을
상상한다

비상

한강에서
길을 걷는 한 남자

그 남자는
뜨거운 햇살 아래

하늘을 바라보며
사색의 색을 찾아 걷는다

밤공기에 취하다

불현듯 스치는
밤공기

내 몸을 휘감는
밤공기

반갑게 인사하는
밤공기

세상을 보는 눈

나에게 시야를 넓게
가져다주는 너

세상이 보이는 데로
바라봐 주는 너

세상을 보고 싶은 데로
바라보는 나

사랑

서운함은 누구의 잘못이 아닌
믿음이 컸던 나의 잘못이다

서운함을 알지 않으려면
믿지도 말고 마음도 주지 말자

서운함이 오늘로 마지막
이제 난 서운함을 모른다

슬픈 눈물

길을 걷는데
하염없이 빗물이 내린다

빗물을 피해
주자창으로 숨었는데

알고 봤더니
내 눈물이었다

상상의 나래

흰 종이에 그리면 작품

흰 종이에 글 쓰면 명필

흰 종이는 예술의 전당

도화지 속 우리들 모습

사회생활

손톱 밑에
가시를 살짝 찔렸는데

손끝에 닿는 모든 곳이
나를 예민하게 만들었다

마치 나를 보호하려는 듯
온 촉감을 곤두세웠다

왜 살아야 하는지

직장을 그만두면
원하는 삶을 살 수 있을까?

내가 사는 삶은
무엇을 위한 삶인가?

살아가야 하는 건 아는데
왜 뜨겁지 않은가?

밤하늘에 뿌려놓은
별들에게 물어볼까?

내가 사는 삶은
무엇을 위한 삶인가?

열정

사막이 아름다운 건
그토록 원하는
샘물이 숨어있다

인생이 아름다운 건
내면이 지닌
잠재력이 숨어있다

인생

시원한 맥주 한 잔을
여유롭게 먹자
따듯한 커피 한 잔을
여유롭게 먹자

차가운 도시바람을
여유롭게 받자
뜨거운 태양 아래를
여유롭게 받자

시간적 공간 속에서
여유롭게 살자

약혼녀

지구 한 바퀴 돌면
만날 수 있을까

지구 어딘가 내 짝
만날 수 있을까

나는 애타게 너를
기다리고 있어

여행

푸른 초원에서
말을 타고 달려본다

꿈같은 여행을
꿈속에서 이뤄본다

알람 소리가
나를 깨우는데

눈 떠보니
푸른 초원이다

염원

하늘에 보이는
둥글한 원

나한테 말 거는
둥글한 원

너한테 바라는
둥글한 원

위대한 동기부여 연설가

수많은 우주 중
지구에 태어난
나

지구에 태어난
인류 중 평범한
나

힘없고 평범한
인간이 움직인
날

역사상 위대한
감정을 호소한
날

자연의 섭리

모든 만물에
영원한 건 없으며

모든 만물은
시간 속에 살며

바람 따라 세월 따라
늙어서 죽어가는 것이다

조화로운 삶

사람은 자연을
벗 삼아 삶을 산다

동물도 자연을
벗 삼아 삶을 산다

지구상 만물이
벗 삼아 삶을 산다

청춘

피고 지고

울었노라

꺾고 뜯고

죽었노라

퇴사하겠습니다

난 나를 믿었는데
믿어주는 사람 없더라

난 남을 위해 이제
일하지 않을 것이다

누구를 위해 일하는 게 아닌
나 자신을 위해

숨 쉬니까
숨 쉬는 건 아니듯이

숨 쉬는 것처럼
숨과 같은 일을 해보자

행복을 찾아서

출근과 퇴근을 반복하는
사람들의 무리 속에서

나와 같은 생각으로
살고 싶지 않은지 바라본다

희망

캄캄한 동굴 속
숨겨진 자아

어둠 속에서
서서히 세상 밖으로

빛을 내기 시작한
위대한 태양

너에게 난 어디에도 있고 어디에도 없는

////

정수호

각기 다른 사연을 모아 글로 옮기지 않습니다.

S.P.U을 통해 저의 생각과 꿈, 사랑을 시로 구현합니다.

S.P.U:Suho Poetic Universe (정수호의 시로 표현하는 세계관)

instagram : @ssuuhhozzi

이별신호

힘차게 내려놓은
머그컵에서 손을 떼고
힘차게 일어서서
나를 돌아서는 순간에

다음에 봐

나에게 들릴 듯 말듯이 한
그 때의 그녀의 말이
서늘하더라

숨이 멎을 듯이
참 고통스럽더라

이별을 직감할 수 있었어
다음에 우리 또 언제요

I miss someone

매일 아침
눈을 떴을 때
에스프레소를 준비하고
나를 잠 깨워주는 누군가가

있으면 좋겠다
이 아침의 늘어짐이

좋고 싫으며

행복하며 가슴 저리게

슬프다

이별 2

생살점을 떼어낸 듯이
아프고 아프고 쓰라리고
아물지 않는 상처 틈새로
여전히 붉은 눈물이 새어나와

연고를 펴바르고
밴드를 착 붙이고
단단히 마음먹어도
쓰다듬는 족족 통증이고
딱지도 앉지 않아

온전히 살 자신이 없어
너 없이는

마음 밖

적응이 않된다
휘 매순간 너의 관심 밖으로
밀려나는 이 기분

곤두박질치고 만다
툭 나락의 나락의
나락의 끝으로

네게 먹혀버린다
아그작 두 눈을 멀게 하고
두 귀를 멀게 하고
심장을 찢어대네

적응이 않된다
자비 없는
너의 무관심이여

그리워라

그리워라
너와 눈 맞으며
너와 눈 맞추며
너의 눈에 빠져
확인하고
확신하던
겨울날이 돌아오고
돌아오길 바라며 바라보는
그날처럼
가로등이 불 켜지는 시간
너의 집 앞엔 네가 없고
우리가 없고
흐려지는 눈은 아랑곳없이
흩날리는 눈은 어깨를 덮고
이 길을 덮고
우리의 기억을 덮는다

날 Blade

눈물 쏟는 날이 많아
가슴 치며 너를
부르기도 부지기수

너 하나면 만족해
세상 좋은 거 다 개나 줘
너 하나면 행복해
세상 모두가 부러워할 걸

우리의 온기로 두 가슴이
데일 듯이 따스한 날들이
우리를
시퍼렇게 선 날이 되어
갈라놓을 줄
계속 계속 가슴 치는
저주가 될 줄이야

영하예요 밖은

영하예요 밖은
연분홍이 따뜻함을 더하는
캐시미어 머플러 둘러요

영하예요 밖은
힐 신지말고
펄 어그 숏 부츠 신어요

영하예요 밖은
패딩 지퍼는 꼭
턱까지 올려 잠그세요

그래도 겨울바람이
옆구리를 파고들면 날 불러요
아이언맨보다 빠르게
그대에게 날아갈 테니

내가 우는 건 내 베개 밖에 모른다

분명 이유가 있지만
말이 마음을 다 담지 못하니
난 그냥 이라고 한다

그날 전하지 못한
크기를
깊이를
넓이를
재지 못할 사랑을
어찌 해하려 했는지
대답을 듣지 못해서

내가 우는 건
내 베개 밖에 모른다

Fact check

담담한 척 해도
난 한눈에 알아보지
너의 슬픈 눈빛을

이미 느껴져
꼭 다문 입술 안에
담고 있는 말이 무언지

소원하던 맛집 가서 먹자
일부러 먼 곳을 찾네
커피 잘 내리는 카페 찾았어
괜히 먼 곳을 가네

지는 해를 뒤로 하고
길어지는 그림자의 끝이
우리 사랑의 끝 같아서

외면하는 나를 아는 듯이
말없이 따라준

너의 손을 잡으려는 찰나
왼손을 뒤로 숨기고
오른손으로 대문을 밀며

우리 오늘이 마지막이야
여기까지 인 것 같아
내 마음이 다한 것 같아

고개를 끄덕여주는 게
착한 너를 위해
해줄 수 있는 전부였어

안녕
안녕
안녕 사랑아

Blind spot

세상엔
뺏지 말아야 할
밥그릇이 두 개가 있다
하나는
어린아이의 밥그릇이고
또 하나는
노동자의 밥그릇이다

세상엔
때리면 않되는 사람이
둘 있어
한 사람은
용서를 비는 사람이고
또 한 사람은
정신을 잃은 사람이야

사랑해

이제는 듣기만 해도
소름 끼치는 말
이제는 듣기만 해도
눈물 나는 말
이제는 듣기만 해도
가슴을 할퀴는 말

이제는 듣기만 해도
너무나 사무치게
그리운 말

너만 내 옆에 있으면 좋겠다
눈물 말고 그리움 말고
너도 내 옆에 있으면 좋겠다
서럽 속의 편지들 말고
주인 잃은 옷가지들 말고

Fake love

기꺼이 내어준
그녀의 가슴은
봄날의 봄볕

그녀의 온기가 그리울 땐
패드 위에 몸을 뉘여본다
내 팔베개를 베고 잠들던
그녀의 숨결이 진짜인 듯이

와 닿을 거 같아

첫 사람 첫 사랑
그녀의 입술이
터질 듯 가슴 뛰던 포옹이
거짓말 같이
진짜인 듯이

결국 Self

빗물이 앞을 가리기 전에
뽀득뽀득 닦아주는
와이퍼같이

켜켜이 쌓인 외로움을
쓰담쓰담 해줄 한 사람
내게도 있으면
좋으련만

추워추워 하며
소복이 내린 눈을
성에제거기로
쓸어내리는 것같이

쓰디쓴 블랙으로
외로움을 달래야 하나

새벽, 시

노트를 펴고
연필을 꺼내어
별이 지는 새벽
하늘을 바라보자니
시가 술술 써진다

새벽 감성의
대활약 덕분일까

너의 기억을 붙잡고
너의 얘기를 쓰라고
잠들지 못한 새벽인가보다

오른손에 쥐어진 연필은
쉼 없이 너를 소환하고
너를 이야기 한다

좋은 사람

나를 사랑한 그대가
많은 시간이 흘러
나를 떠올릴 때

바닥이 아닌
하늘을 올려다보게 되는
사람으로 기억되기를

한줄기 눈물이 아닌
고운 미소 지으며
회상할 수 있는

좋은 사람 좋은 추억
한 아름 남겨준 이
나에게도 있었다며 웃으며
이야기 할 수 있기를

너의 눈엔

너의 눈엔 모든 게 있었다
하늘이 있었고
바다가 있었고
해가 있었고
달이 떠있었다

숲이 있었고
나무가 있었고
꽃이 피어 있었고
시냇물이 흐르고 있었다

나의 마음을 자라게 했고
우리 마음을 자라게 했다

너의 눈엔 모든 게 있었다

닮고 싶어

좁은 문보다
넓은 문이 좋아

짧은 길보다
긴 길이 좋아

얕은 물보다
깊은 물이 좋아

낮은 언덕보다
높은 산이 좋아

닮지 못한
우리의 인연이

아련하다

난감하네

그때
그대
그날
그곳

10년이다
하나도 기억이 나지 않아도
전혀 이상하지 않을 세월인데
하나도 빠짐없이
난감하도록 세세하게
다 기억이 난다

그때
그대
그날
그곳

171123

나의 아침이
나의 저녁이
나의 하루가
나의 한달이
나의 열두달 365일이

나의 눈이
나의 귀가
나의 입이
나의 가슴이
나의 마음이
빈틈없이

온통 너로
발그레 물든다

171123 두 번째

손 잡아줄게
네가 넘어졌을 때
네가 힘들어할 때
네가 외로워할 때
네가 두려워할 때

네 작은 손을 놓지 않을게

우주에서 우리는
작은 점에 불과할지라도
나에게 넌 우주인 걸

까만 밤이 오면
손만 착 잡고 자자

하필

하필 그 시간에
하필 그 장소에
하필 그대를
하필 나를
하필 서로가 서로를
하필 거짓말처럼
하필 바라본 거지

하필 늘어가는 한숨이
하필 눈물바람의 원흉이
하필 서로의 반대편으로
하필 무심히 눈 돌리는
하필 그 시간을
하필 우리 사랑을
하필 하늘이 질투해서
하필 이별을 건내네

그녀는

나에게서
두 눈을 감고
두 귀를 막고
돌아서서

지나는 바람을
잡으려 허우적댄다

바라건대
한낱 지나가는 바람에
머리카락 한올이 날려서
돌아본 것 뿐이기를

기억 조각이 내리는 날

함박눈이 하늘 가득 날리는
겨울날엔 창문을 한껏 연다

한조각
한조각
너의 기억이
부서져 내리면
손바닥에
소복이 쌓이도록
한참을 서 있는다

또르르
눈물 한 방울쯤이야
샤르르
미소 한번으로 쏙 들어가지

잘 지내니

단골 베이커리 집에서
수제 마카롱과
따뜻한 아메리카노 한잔을
사들고
네가 아지트라고 이름 붙인
공원을 지나다
항상 앉던 갈색 벤치에

손을 대어보다가
너의 향기와 활기찬
너의 웃음소리와
나만 느끼던
너의 체온이
그대로인 것 같아
흠칫 놀란다

하늘의 눈물 빛깔

무지개는
실컷 울고 난 하늘의
눈물 빛깔들인가 봐

소나기가
한차례 지나고 나면
세상의 먼지들이 씻겨 지고

칙칙한 색들이 다 지워져서
세상은 더욱 투명해지고
선명해지잖아

무지개는
실컷 울고 난 하늘의
눈물 빛깔들인가 봐

퉤퉤

사랑이 다시
내 마음의 문을 두드린다
똑똑
똑똑

오래 기다린
진짜 사랑임을 예감하기에
이 설렘이 두려워

퉤퉤
가라 오지마라
어서 와라 사랑아

사랑은
빠져나올 수 없는 늪인가
순풍이 부는 호수인가

오로지, 오롯이

그의 맘이
내 맘 같지 않아서
그녀의 맘이
내 맘 같지 않아서
속상한가요

사랑한 날보다
몇 배는 긴 시간 동안
다른 공간에서
두 사람은 살아왔잖아
당연해요

다름을 인정하고
배려해요 정말 중요한 건
오로지 그대라서
오롯이 사랑하는 진심이죠

기대요

네가 힘들다는
말 한마디에
빛의 속도로 달려갈게
너의 시름은 다 내게 맡기렴
말하고
품에 가득 너를 안으며

토닥여주고 싶더라

그러지 못해
머릿속에
한동안 찬바람이
일렁이는 것 같더라

일분 일초가 길더라
하루 한달이 참 길더라

완벽한 사랑

불을 끄고 눈을 감아
너의 모습은 달카닥
불을 켜고 눈앞을 날아

그리워 너무 그리워
만날 길은 꿈길 밖에 없어서
팔을 들어 헤집지 않아

그리워 너무 그리워
나만 아는 너의 체온
나만 닿는 너의 입술

눈물은 필요없어
온전히 완벽할 수 있어

오늘 밤 꿈에는 오래 봐

사랑이

사랑이
나타나더라
사랑이
만나지더라
사랑이
느껴지더라
사랑이
간절하더라
사랑이
무뎌지더라
사랑이
끝이 나더라
사랑이
지나가더라
사랑이
잊혀지더라

이별 시작

오랜만에 본 그녀의
표정 없이 흩어지는
이야기 속에서

그녀는
이미 오래전에
마음속에서
나를 떠나보냈음을
알 수 있었다

슬픈 표정은 보이기 싫어
쿨한 척 아무렇지 않은 척
돌아서 주었지만

골목을 돌아서자마자
힘이 풀려 털썩 주저앉았다

Me gustas tu

너의 이름을 적고
어떤 문장부호도
붙이지 않았어

너와의 사랑은
망설이거나
쉬어가고 싶지 않으며
끝맺음 없이
영원하기를 바라므로

시로 너를 노래할 때면
마침표를 찍지않는 것처럼

인간계의 삶

인간계의 절대 사실 하난
시간을 거스르지 못하는
나약한 존재이기에
누구나 돌아간다는 것이다

인간계의 절대 사실 둘은
나의 것과 타인의 것을
구분하지 못해 호기심을
주체할 수 없다

인간계의 절대 사실 셋은
사랑을 주고 또 받으며
살아야 하는 존재라는 것이다

사랑이 흘렀고 눈물은 넘쳤다

//////

조명현

아뜨조

절망의 빛이 시와 사랑에 빠지다

instagram : @artcho_performer

저 별은 나의 별

너무 이별 속에서만 살았다

이제는 저 별 속에서 예쁘게 살아야지

미술시간

널 그렸어
행복에 미소 짓는 널 그리며
연필 깎는 재미로 살았지

널 지웠어
그려왔던 모습과는 다른 널 보며
지우고 지우고 또 지웠지

널 꿈꿨어
아직도 칠하지 못한 너의 모습을
어떤 색으로 채울지 고민하며 잠들곤 했지

늘, 난 미술시간
그리고 아직도 여전히 보이는
도화지, 연필, 지우개, 물감

그리고 너

불꽃

꽃인 줄 알았건만

마음에 불을 피우고 간 당신

불이었나, 꽃이었나

초록빛 고백

횡단보도 앞에 마주 서자
유난히 발그레 멈췄다

처음 본 순간부터
이미 발그레 움직 일 수가 없었다

눈만 마주 쳐도 심장이
터질 것 같던 꿈같은 시간들

잠이 들면 꿈마저
널 사랑한 시간들

모든 것은 널 향해 멈춰 있었다
그 앞에 네가 서 있다

이제 용기내어 너에게 걸어간다
발그레 사랑은 초록빛 고백되어

빈틈

빈틈이 있는 사람이 좋다
그 틈에 비집고 들어가

귀여운 짓, 예쁜 짓, 사랑스러운 짓으로
가득 채울 수 있는데

빈틈을 보여줘
나머진 내가 채울게

사랑결

한결같이 너를 대했고
숨결처럼 너를 느꼈다
바람결에 너를 띄웠고
순결하게 너를 지켰다

봄처녀는 단발이었다

찰랑찰랑
꽃잎 결 휘날리며 산뜻한 입술로
사랑을 기다려봅니다

찰랑찰랑
귓가에 사르르 느껴지는
라일락 향기에 첫사랑이 떠올라요

시련의 아픔은 잊어버렸지요
흐르는 눈물 싹둑 베어내고
찰랑찰랑 미소만 가득할 거예요

내 님은 어디 있나요, 이렇게 봄이 가득한데
튤립 향기 사르르 품을 그대여, 내게 오세요

더 이상 시련은 없을 거예요
내 곁에서 찰랑의 속삭임을 느껴줘요
찰랑찰랑, 사르르르

진중한 애교

나 그대에게 애교 부려요
가볍지 않게 진중하게

수천번 고민했던 애교였기에
가벼울 수 없거든요
혹시 그대가 싫어하지는 않을까
거울 보며 연습도 많이 했어요

흔하디 흔한, 누구나 할 수 있는
그런 애교 말고요
몇 십년 도를 닦은 듯한
그런 애교를 부리고 싶어요

영원히 함께 하고 싶은 당신이기에
세상에 하나뿐인 애교를 부리고 싶어요

나 그대에게 애교 부려요
가볍지 않게 진중하게

시리얼

시리얼에 내 목소리 넣어 놓았어

아침 챙겨 먹어

일부러

인연이라 말하고 싶어
일부러 옷깃을 스쳤다

연인이라 말하고 싶어
일부러 입술을 닿았다

사랑이라 말하고 싶어
일부러 마음을 훔쳤다

평생을 함께 하고 싶어
일부러 청혼했다

화났나요
당신을 일부러 대해서

미안해요
일부러 그랬어요
처음부터 당신을 사랑했기에

봄은 스킨쉽이다

봄내음에
코끝을 건드려보고

꽃이 피었나
입술을 닿아본다

따스한 바람에
와락 안겨보고

봄비에 온몸을
적셔본다

그렇게 봄 속에 들어가
온전히 널 느끼고 싶다

사랑의 시작

사랑의 시작은
수백 번의 고민보다
단 한 번의 키스로 시작된다

강도야

칼을 들어야 하는 당신은
왜 꽃을 들었나요

마음에 꽃을 안기고 날 협박하는
그대는 누구신가요

지갑은 안 열고 마음을 열고 있는
그대는 대체 누구신가요

당신이 너무 무서워
이불 속에 꽁꽁 숨겠어요

부디 날 찾으세요
부디 날 훔치세요

이불 속에 있어요

불이야

우리의 뜨거운 사랑 속에 피어난
이 불을 보라
활활 타오르는 강렬한 자태가
아름답지 않은가

우리가 피운 이 불은
꺼지지 않으리
재도 남지 않으리
오직 사랑만 남으리

이불 속에서 그대와 영원히

그대가 잠든 사이

구름 한 움큼 떼어
그대의 하이힐 속에 넣었어요

별빛 한 줌 모아
그대의 렌즈에 넣었구요

새벽내 따스히 품고 있던
그대의 커피는 알람이 울리면 배달 갈게요

아참, 알람을 맞춰 놓는 걸 깜빡했네요
어떡하죠? 굿모닝 키스를 해야 할 거 같아요

대화가즘

당신과의 고귀하고 아름다운
대화로 전율이 돋습니다

말 한마디가 얼마나 소중하고 깊이가 있는지
모든 걸 제쳐두고 당신과 대화하고 싶습니다
커피 한잔의 여유 속에
나의 뇌는 흥분을 감추치 못합니다

말에 영혼이 담겨있고 부드러움이 들어가있고
신념과 자세와 표정이 모두 담겨져 있습니다
완벽한 대화 속에 뇌세포의 깃털마저
춤을 추고 있습니다

대화로 서로가 교감이 될 때
비로소 의미 있는 내일을 꿈꾸게 됩니다

프리 고난

왜 내게 공짜로 고난을 주시는가?

노을

모두 이기려고 할 때
아름답게 지고 말았다

연

뿌연 도시의
시꺼먼 하늘로
연을 날렸어요

울고 있는 얼레를
어르고 달래서
힘껏 날렸어요

차가운 밤하늘 속
따스한 달빛에게
눈물로 날아가는

하소연

튼살

감당 할 수 없는 여린 나였는데
강한 척 아픔을 견디려고 했더니
심장이 터버렸다

눈물강도

슬픔속에 찾아와
남모르게 흐르다
가슴을 휘젓고 가네

행여나 들킬까
조마하며
소리 없이 훔치네

마음단속 잘해야지
다짐 했는데
왜 이리 잘 당하는지

오늘도 난 눈물강도 당했네

세포계명

빠진 머리카락에 고마워해라
너의 스트레스를 완벽히 보호하다 죽은 존재이니

무심코 파버린 코딱지에게 감사해라
세상의 구린내로부터 널 지켜주었으니

애써 파버린 귓밥에게 미소 지어라
상처의 말들을 걸러내느라 굳어버렸으니

아파하지 마라
모든 세포가 널 보호하고 있으니

두려워 마라
수억 개의 세포가 널 사랑하고 있으니

소금공장

드디어 저랑 맞는 곳에 취직을 했어요
소금을 만드는 공장이에요
일터에 가서 울기만 하면 되거든요

아버지 생각에 울고, 어머니 생각에 울고
지나간 인생의 허무함에 대성통곡을 했어요
일을 너무 잘한대요
그런데 왜 이리 가슴이 아프죠?

언제까지 울 수 있을진 모르겠지만
한번 실컷 울어보려고요
돈 벌어야 하니까

끼니예찬

밥 한 톨의 빛이 눈을 가득 채웠다
삶의 허기짐에 두 손 모아 무릎을 꿇었다
정결한 마음으로 기도를 드리고
하얀 쌀밥 위에 희망을 얹었다

공허와 지침에 샘솟는 영혼 되어
끼니를 허락한다
절망 가득한 삶에
희망이 들어와 살아 숨 쉰다

끼니는 사랑이며
꿈을 이룰 수 있는 열정이고
행복을 지킬 수 있는 힘이다
한치도 타협하지 마라
그것은 생명이자, 존재이다

담배연기

고달팠던 속마음이 구름 되어

눈시울을 적셨다

워 _ war

인생은 참 전쟁 같다

하루하루 사는 게
힘겨워

뜻대로 되는 게 없어
괴로워

이젠 몸마저 말을 듣지 않네
서러워

사랑했던 당신이 너무 보고 싶어
그리워

점점 총알은 떨어지고
눈물만 가득 차는구나

언젠가 이 전쟁은 고요히 끝나겠지

자연 파괴자

산을 썰었다
지나버린 추억들이 산속에 있을까봐

바다를 먹었다
흘린 눈물을 삼키면 웃을 수 있을까봐

하늘을 훔쳤다
사랑하는 이를 영원히 곁에 둘 수 있을까봐

그렇게 산, 바다, 하늘을 파괴했다

눈 감아봐

눈 감아봐
코끝에 스치는 인생의 추억들로
가슴이 먹먹해지지 않니

눈 감아봐
점점 다가오는 알 수 없는
인연의 인기척에 설레지 않니

눈 감아봐
아무도 모르게 스며드는 행복이
우리를 미소 짓게 하지 않니

눈 감아봐, 그리고
냉장고를 열어 요구르트를 마셔봐
달콤하지 않니, 미치도록

도시 인어공주

오늘도 파닥 거리며
이 거리를 활보 했어요
어느새 흥건히 모아진 눈물
언젠가 이 눈물 속에서 우아하고 정결하게
헤엄 칠 수 있겠죠

별은 내편

해도 해도 안 되는 모습에
해도 달도 실망 했다고 한다

근데 별 꼴인 게
별은 나에게 실망하지 않았대

왜냐면 언젠간 난 별이 될 거래
별은 별을 알아 볼 수 있다나

우린 같은 별이 될 거래

천국의 미아

잃었어
모든 걸 잃었어

모든 존재를 걸었던 시간들이
산산조각 되어 하늘로 날아갔지

문득 뇌리를 스치는 천국의 향기
길을 잃은 삶의 조각들

천국의 미아2

잎었어도
모든 걸 잃었어도

여긴 천국이고
나는 천사이다

거울은 나무를 안고 있었다

산책을 하다
나무를 안고 있는 거울을 보았다

거울은 약간의 상처가 있었지만
미소 짓고 있었다

날 빼꼼히 쳐다보길래
거울 앞으로 천천히 걸어갔다

거울에 비친 얼굴
피가 흐르고 있었다

순간 놀란 나는
휘청하며 나무를 안았다

너무 포근했다, 그래서 꽉 안았다
얼마나 지났을까
눈을 떠보니 거울은 없었다

트라우마의 출소

참 오랫동안 복역했구나
남모를 상처에 갇혀 지낸 시간들
빛나는 너를 옭아매었던 철창 속 마음들

나는 죄인 중에 죄수, 트라우마이다
세상의 면회를 극구 거절하고
어둠 속 독방을 지켰던 시간들이
너무 외롭고 고통스러웠다
근데 있잖아, 고마워
덕분에 고통 속에서 호흡이 깊어지고
세상을 보는 눈이 깊어졌다
내 모습을 보며 수천 번 한숨 쉬었던
지난 날 속에 이제 그 한숨들이 고난의 무덤을
날려 버릴 수 있게 되었다

나는 죄인 중에 죄수, 트라우마이다
이제 난 출소한다
나는 자유 속에 자유, 트라우마이다

지구에서 생긴 일

//////

박종경

생각을 기록하는 습관으로,

단어들을 모아 글을 만듭니다

instagram : @yeon.writer.1983

걷다

걷다, 옆을 보니
있어야 할 네가 없다

처음부터 아무도 없던 것처럼
담담한 척
그리움 티 나지 않게
왼쪽 구석에 숨겨 놓고

원래 그랬듯
난 다시
혼자 걷는다

차마
일그러지는 얼굴은
숨기지 못했지만

그때는 그랬어

그때는 어려서
방법을 몰랐어

감정이 낯설고
표현에 서툴러

꽃 다발의 수 보다
상처를 더 많이 주고

기분에 들떠
매일 밤
새소리에 취해있었지

그땐 그게
사랑이라 오해했으니
어렸다 말할 수밖에

금붕어

설레다
좋고
사랑하다
아파

다시

설레다
좋고
사랑하다
아파

또

이건 뭐,
금붕어도 아니고

기다림

아무도
내 앞에 나타나지 마세요

상냥하게 웃고
친절을 배 풀어
내가 미소 짓게 하지 마세요

아직 그가 돌아올지도 몰라요

그러니
제발, 내게 마음 쓰지 마세요

마음 흔들려 그를 잊게 될까
아직은 너무 두려워요

기대

글에 그대와 내가
사랑했던 시절 세기고
오래 기억하려
정성스레 다듬습니다

잊혀 가는 기억은 눈에 담고
진작에 버렸던 기억은
혹시 그대가 서운해할까 봐
얼른 다시 주워 담아와
조각을 맞춰 놓고 있습니다

언젠가 다시 꺼내
그대와 술 한잔하는 날이
올 수도 있지 않겠습니까

기억

혼자, 방 안에 앉아

사진에 머무는
그대 기억 꺼내
조용히 쓰다듬다

후회 한 움큼 쥐어
모래알처럼 빠지듯 빠지고 남은

흐릿한 당신의 뒷모습
원래의 그곳에 조용히 놓아두고

아파할 준비를 합니다

나이

새벽, 뒤돌아보니
좁고 굽은 길
아슬아슬 잘도 걸어왔습니다

좀 굽은 길이면 어떻습니까
내일은 꽃 길 나오길 바라며
희망 짊어지고 가는 거죠
이리 혼자 위로도 해봅니다.

이상과 현실, 적당히 타협해 놓았더니
큰 다툼은 없어서 좋습니다만,
요즘 들어 막무가내로 밀고 들어오는 쓸쓸함
조금 벅찰 때도 있습니다.

그대는 아직 괜찮습니까?

나 사실, 커피 싫어해

난 너와 단순히
뜨겁고 쓴 커피를
마시자는 게 아니고,

마주 앉아
30분 정도는
네 얼굴
볼 수 있으니까

난 그냥
그게 좋았던 거지

이 답답아

나만 몰랐잖아

넌 아직 불편하거나
어려움 없는 걸로 보아

적절한 시기에
적절한 방법으로
적절히 끊어내고

원래의 너로 돌아가
널 찾길 바랐던 것뿐이었는데
왜 난 몰랐을까

내가 망쳤어

그대의 냉정함으로 인해
꽤 오랜 시간
무척이나 서러워했다

모든 것이 나로 인해
망쳐버린 관계란 걸 알기 전까지
뭐가 잘못인지 이해 거부하고
나만 잘 났다 우기기만 했으니까

등신이지

엄마가
모자란 거 티 내지 말고 다니라고 했는데

가출해야겠다

네가 생각하는 거, 그거야 이거

왼손은 핸들
오른손은 너 가져
뭘 하던
어디에 갖다 대던
난 부끄러움 몰라

이불 감싸는 소리에
속도와 시간 맞춰 보고
새벽에 세수 두 번 가능하지만
아직 멀리는 못 떠나

느린 건 싫지만
아직 여름 약속 너무 급하게 잡진 마

독하게

돌아보지 마
다 잊고 앞만 봐
이젠 나도
이해하고 감당할 수 있어

가끔, 쓸쓸한 밤 와도
멀리서 목소리만 듣고
절대 내 앞에 나타나지 마

그날처럼
앞만 보고 가

내가 아팠던 시간
아깝지 않게

마중

나만 보며
웃던 너는

이제 나와는
할 말이 없는 듯
핸드폰만 보며
참, 해 맑게 웃는다

이제 슬슬
마중 나가야겠다

곧,
이별이 온다 한다

문득

비 오면

낡은 포장마차에서
소주 한잔

나란히 앉아
비와 술, 그리고 야한 밤

미련하게도
그땐 그게 행복인지
나만 몰랐다

물음

당신에게 묻습니다
행복이라 여기고
철없이 마냥 좋아했던
그 시간의 나는 어디에 있습니까

냉정하게 돌아서는
이유라도 알고 싶어
서성이는 날
그댄,
뒤 한번 돌아보지 않았습니다

왜 그랬습니까.
꼭 그래야만 했습니까.
도대체
그때의 나는 어디에 버렸습니까

밥

어깨 쳐지고 돌아간 집엔
엄마도 아닌데
오롯이 나를 위한
따듯한 밥이 만들어지곤 했습니다

한동안 넋 놓고 지켜보다
그땐 고맙단 말 놓쳤지만
혹시, 나중에 다시 만나게 되면

내가 허름한 옷을 입고
낡은 의자에 앉아 초점이 없어도

그땐 정말 고마웠다고
그대에게 조용히 말하겠습니다

별

그의 녹슨 별
닦아, 빛나면

바르게 웃고
상처 좀 아물면

그때,
너 줄게,

지금은
그에게서 떨어져

아직은
내가 이별할 준비가 안됐거든

봄바람

안녕히 가세요
함께 한 시간의 기억도
가능하다면 가져가시고

사랑이라 말하기 부끄러운
어젯밤의 감정 없는 행위도

스칠 인연인 걸 알면서도
우린 쾌락을 벗 삼아
달빛에 취한 춤만 췄네요

이제 난,
해를 따라갑니다
따라오지 마시고
그대도 가시는 길
부디 안녕히 가세요

봄이라서

곧,
밖은 포근해질 테고

당연히
꽃도 필 걸 아니까

그대가 서운해할까
조금 망설였지만

따듯했던 그대 품
잠시 잊고

겨울에
다시, 아파해도 괜찮겠습니까

비

너도 나만큼
비를 좋아했던 건
참 감사한 일이야

잘 지내다

그 시절
우산 속
우리가 가끔 생각이 나면

너도 하루쯤 기억 꺼내
안주 삼아 술 한잔해

오늘 나처럼

상자

상자에
내가 썼던 물건을 넣어 보내준 날
넌 마음까지 넣어 보낸 것 같아

그날은
상자가 너무 차가워
장갑도 낄 뻔했어

우리 서로 두 번 다시
생각 안 하기로 했는데

엊그제
돌덩이가 된 상자를 바라보다
버려야 할지 말아야 할지
정말 마지막으로 묻고 싶어서

네가 와라

누군가의 위로 보다
편의점 간판 불이
따듯하게 느껴지는
쓸쓸함 가득한 그런 날.

전화를 걸까 말까
고민되는 사람 말고
말없이 옆에 있어도
마음 편해지는 사람

왜 그런 사람들은
멀리 사는 거야 짜증 나게

쉼표

잠시 쉬어가자
길이 험난해
지금 쉬어가는 것도 좋겠다

지난 온 길 돌아보고
가야 할 길 그려보자

어떤 무언가의 복잡함에
당황하거나 불안하지 않게
우리가
마침표가 되지 않게

지금, 잠시 쉬어가자

악연

우린 악연이다
냉정하게 말하고 떠난 내가
당신에게 어떻게
용서를 구할 수 있겠습니까.

혹여, 인연이었더라도
뭐가 또 달라졌겠습니까

처음부터 끝까지
우린 그냥 슬픔이었습니다

한동안 아니라고 우겨도 봤지만
이제서야 인정합니다

사실은
당신에게 내가 악연이었다는 걸

야 너도 이별할 수 있어

사진 다 지우고
같이 다니던 곳 돌아가고
새벽에 야한 생각하다
정신 놓쳐 전화하지 말고

비 오는 날은
무조건 집에만
주말엔
하루 종일 운동만

마트에서
닮은 사람 봐도
절대 뒤돌아 보지마

어때 쉽지
야 이제 너도 이별할 수 있어

위로

고요함이 얼음 같던
12월의 마지막 밤
후회와 상처로 얼룩진
그 시절의 내가
나를 위로합니다

이기적

왠지
기분이 그랬어

차가운 바람이
내 마음 같다 오해하고
지워져 가는
그대 살 냄새가 서운해

술기운 빌려
보고 싶다 메시지 보내고
기대하고 있는 나는

그때도 쓰레기
지금도 쓰레기
앞으로는 뭐가 될지 답답합니다

이제 그만할 때도 됐는데

좀 잊고 살아요

살다가
가끔 우리가 생각나면

술 한잔하는 시간만
잠시 그려보다
마시고 잊어버리세요

당신에게
뭐 좋았던 기억이라고
질질 끌고 가려 합니까

난 더 미안해지고
마음만 더 아프지

제자리

누군가의 너는
나와 많은 이야기,

수많은 술 잔 비우며
웃고 울다, 울고 웃다

예고 한번 없이
3055의 시간을 끝으로

다시 누군가의 너로
완벽히 되돌아갔다고

보배에서
위로받아야 하나

짝사랑

마음이 닿지 않았다
혹여
닿았다 하여도
그댄 모른다

들킬까 봐
지나는 뒷모습만
마음에 담는다

잔잔한 그리움도
사치가 되는
봄날의 어느 날 밤

그대의 오늘이
무척 궁금합니다

편지

잘 지내십니까
밥도 잘 먹고, 가끔 술 한잔하며
바라던 평온 찾았나요

나도 나름대로 노력 중입니다.
밥이 좀 줄고 술은 늘었지만
그래도 잘 버티고 있습니다

어디서부터 잘못되었는지
이젠 내가 내게 묻지도,
후회하며 자책하지도 않지만
오해하지 않길 바랍니다

함께 했던 시간 쉽게 잊고 지운 것 아니라
그대 행복을 바라면
난 여기서 멈춰야만 했습니다

헤어지면

보고 싶어도
때 쓰지 않고

목소리
들려 하지 않고

만지고 싶어도
참아야 하며

새벽

전화벨 소리에
설레지 않아야 한다

혼술

먹으면 속이 쓰린걸
매일 마십니다

저도 그렇고
당신도 그럴 겁니다

매일 함께 마시다
혼자 마시니 쓴맛이 더 해져
오늘은 좀 힘들지만

혹시, 당신도 이 시간을
혼자 버티고 있을지 몰라서

먹으면 그렇게 속이 쓰린걸
오늘도 혼자 마시며
당신을 기다리고 있습니다